ALFAGUARA INFANTIL

ALFAGUARA

LOS MEJORES AMIGOS

Título original: Best friends
D.R. © Del texto: Rachel Anderson, 1991
D.R. © De las ilustraciones: Shelagh McNicholas, 1991
D.R. © De la traducción: P. Rozarena, 1995
D.R. © Grupo Santillana de Ediciones, S.A., 1995
Torrelaguna, 60. 28043, Madrid
Teléfono 91 744 90 60

D.R. © De esta edición:
Santillana Ediciones Generales, S.A. de C.V., 2005
Av. Universidad 767, Col. Del Valle
México, 03100, D.F. Teléfono 5420 7530
www.alfaguarainfantil.com.mx

Alfaguara es un sello editorial del **Grupo Santillana**.
Éstas son sus sedes:

ARGENTINA, BOLIVIA, CHILE, COLOMBIA, COSTA RICA, ECUADOR, EL SALVADOR,
ESPAÑA, ESTADOS UNIDOS, GUATEMALA, MÉXICO, PANAMÁ, PERÚ, PUERTO RICO,
REPÚBLICA DOMINICANA, URUGUAY Y VENEZUELA.

Primera edición: septiembre de 1995
Primera edición en México: enero de 2002
Primera edición en Santillana Ediciones Generales, S.A. de C.V.: febrero de 2005
Primera reimpresión: agosto de 2005

ISBN: 968-19-1010-9
D.R. © Ilustración de portada: María Eugenia Jara

Impreso en México

Este libro terminó de imprimirse en agosto de 2005 en Lito-
gráfica Ingramex, S.A. de C.V., Centeno 162, Col. Granjas
Esmeralda, 09810, México, D.F.

Los mejores amigos

Rachel Anderson
Ilustraciones de Shelagh McNicholas
Traducción de P. Rozarena

ALFAGUARA

Cuando Bea volvió a casa
en el autobús del colegio

mamá estaba esperándola
en la puerta del jardín y también
estaba allí Pelos moviendo la cola,
pero su hermana no estaba.

Bea quiso saber dónde estaba.
–¿Y Ana?
–¿No te acuerdas? Te lo dijo ayer.

Se ha ido a casa
de su amiga,
a merendar.

¿Merendar?

Bea no siempre recordaba las cosas
que le decían.

Bea quiso saber cuánto tiempo iba a tardar su hermana en volver.

No te preocupes. Ana volverá pronto.

Así que Bea y mamá merendaron juntas, pero sin Ana.

Era aburrido estar
sin Ana. Bea quería
que volviera pronto.

El día siguiente, cuando Bea se bajó del autobús, Ana ya estaba en casa como siempre.

Con ella había otra niña.

Bea no sabía quién era.

–Es Isa, la amiga de Ana –dijo mamá.

Es mi mejor amiga.

–Ah, mejor amiga de tu colegio
–dijo Bea.

Bea no iba al mismo colegio que
su hermana. Iba a un colegio especial
con profesores que saben ayudar
a niños a los que les cuesta mucho
trabajo aprender.

–En *nuestro* colegio –dijo Isa,
la amiga de Ana–, Ana se sienta
a mi lado. ¿Verdad, Ana?
Y Ana dijo que sí.

–Y juega conmigo en el recreo
todo el tiempo.

En *su* colegio Bea tenía que sentarse
junto a un chico que se llamaba Marco.
Y nunca jugaban juntos.

La amiga de Ana echó a correr
para irse a jugar y Ana corrió detrás
de ella.

Bea se quedó sola.
Ella también
quería tener
una mejor amiga.

–No amiga
–le dijo a mamá.

–¡Pues claro que tienes amigos!
–le dijo mamá–. Tienes montones
de amigos. Tu profesora y todos esos
niños y niñas de tu colegio.

Bea pensó que Marco no era amigo
suyo. Le daba patadas por debajo
de la mesa

–Y papá es tu amigo –añadió mamá–,
y yo también.

Bea pensó que aquello no era
lo mismo. Una mamá es una mamá.

–Tú eres mi mamá –dijo.

–¿No puedo ser tu mamá y tu amiga
al mismo tiempo?

Pues no, lo que Bea quería era
una amiga como Isa, la amiga de Ana.
Alguien como ella y que hiciese
las mismas cosas que a ella
le gustaba hacer.

Y Pelos también es tu amigo.

Al oír su nombre Pelos acudió corriendo.

Seguramente pensó que era hora de ir de paseo.

Bea podía oír

que allí arriba

la amiga de Ana

se reía

mientras jugaban.

–Y Orejas es también amigo tuyo
–dijo mamá–. Oye, ¿por qué
no le llevas
esa zanahoria?
Ya sabes lo que
le gustan.

Bea salió al jardín
y se fue a ver a Orejas..

Pero Orejas no sabía hablar, ni sabía
jugar, ni siquiera sabía reírse.

Y cuando Bea metió la zanahoria
en su jaula todo lo que hizo Orejas
fue arrugar
varias veces
la nariz.

–Orejas no sirve –dijo Bea.
Y se metió en casa y se puso
a mirar por la ventana. Estaba triste.

Mamá se dio cuenta de que Bea
estaba triste.

Y bajó de
la estantería
algunos
puzzles.

Pero Bea
no tenía ganas
de jugar
con los puzzles.
Y tampoco quería
mirar la televisión.
Lo que quería era
que la amiga de Ana
se fuera
para que Ana
jugara con ella.

Mientras estaba mirando
por la ventana,
Bea vio que se acercaba
un camión de mudanzas
casi tan grande
como una casa.
Venía muy despacio por la calle
y se paró justo delante
de la casa de al lado.

La casa de al lado había estado
vacía durante mucho tiempo.
   Dos hombres salieron del camión
y empezaron a bajar cosas.
Bea estuvo mirando mientras sacaban

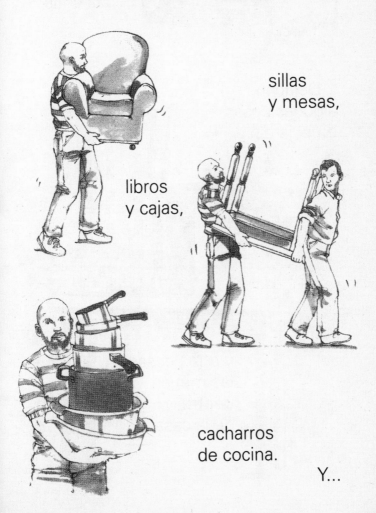

sillas
y mesas,

libros
y cajas,

cacharros
de cocina.

Y...

una cuna.

Dejaban
algunas cosas
en el jardín

y otras cosas
las metían
dentro
de la casa;

y también dejaban cosas en la acera

que había delante de la casa.

Bea miraba lo que hacían y, de repente, se sintió más contenta. Siempre es divertido ver cómo las personas hacen cosas.

Y entonces mamá
avisó que era la hora
de merendar.

¡A MERENDAR!

Isa y Ana
bajaron brincando
por las escaleras.

Había algo especial para merendar;
una tarta con chocolate por encima.

¡Tarta de chocolate!

Sí, tarta.
Mamá la ha traído
porque Isa venía
a merendar.
Isa es nuestra invitada.

Aunque Ana era más pequeña
que Bea algunas veces tenía
que explicarle cosas a su hermana.

La amiga de Ana empezó a burlarse.

¡Buaj, mírala! Es una
sucia tu hermana.
¿Es que no sabe comer
sin mancharse?

Bea procuraba no hacer caso cuando la gente decía de ella cosas poco amables.

Y sabía que su hermana la ayudaba y la defendía siempre.

Lo hace lo mejor que puede.

Después de la merienda, Isa empezó otra vez.

Bea la vio hablar en secreto.

Venga, Ana, vámonos arriba corriendo.

—Yo *tamién* —dijo Bea. Y empezó a subir detrás de ellas, pero no podía hacer nada muy deprisa.

Antes de que ella hubiera llegado
a mitad de la escalera, Isa se había
metido ya en el cuarto de Ana
y había cerrado la puerta de golpe.

Bea bajó despacio las escaleras
y fue a sentarse en el columpio
debajo del manzano, sin hacer nada.

Pensaba que le gustaría
que fuera ya hora de que Isa
se fuese; así Ana vendría a jugar
con ella.

De pronto, Bea oyó
un ruido a su espalda.

Se volvió y descubrió a un niño
que se asomaba por debajo del seto.

«De dónde vendrá», se preguntó.

El niño empezó a contarle algo,
pero Bea no podía entender lo que él
le decía.

Y entonces ella vio que el niño estaba
enganchado. Su jersey se había
enganchado en una rama y no podía
moverse ni hacia delante ni hacia atrás.

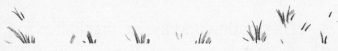

Bea gritó muy fuerte.

¡Niño, aquí!
¡Ganchado!

Sabía que alguien vendría para ayudar.

Una mujer se asomó por encima del seto.

Hola,
¿qué te pasa?

Niño, ahí.

–¡Vaya, mira dónde has ido a meterte! –dijo la mujer.

–¿Sacamos? –preguntó Bea.

La mujer de la casa de al lado, con la ayuda de Bea, desenganchó el jersey del niño. Después le levantó por encima del seto.

Este es mi niño. Se llama Juan. Yo soy su mamá. Acabamos de llegar a esta casa. Juan es muy revoltoso y se perderá más veces, ya lo verás. Gracias por ayudarme a encontrarlo. Tiene casi tres años.

Yo más.

Bea sabía que tenía muchos más que tres.

Bea miró por el agujero del seto
por el que había pasado Juan.
El jardín de Juan era grande.

No tenía columpio ni jaula con
un conejo; pero tenía hierba alta
y una caseta que sería estupenda
para jugar al escondite.

Le apetecía ir a casa de Juan,
pero dijo que no con la cabeza.
Sabía que no debía irse con nadie
desconocido, aunque pareciera
amable. Tenía que decírselo antes
a mamá.

–No puedo –dijo.

Bueno, otro día,
¿te parece?
Cuando nos
conozcamos
mejor.

Bea sonrió y dijo:
–Adiós –y echó a correr para contarle
a mamá lo del niño de la casa de al lado.

Pero al llegar a casa vio que Ana y su amiga Isa bajaban por las escaleras. Isa se reía y Bea le oyó decir:

Ahí viene; vamos a escondernos. Tu hermana es tonta.

No es tonta. Ya lo verás cuando la conozcas.

Pero Isa siguió y empezó a cantar:
–¡Tiene cara de tonta! –y se puso
a saltar diciendo:

Bea se puso furiosa.
Entró en la cocina y,
rabiosa, le dio
una patada a una silla.

–¡Esa chica –dijo–,
todavía aquí!

Mamá entró en la cocina con algo
en las manos.

¿Por qué tienes esa cara? Vamos, ayúdame, sujeta esto.

–¡No! ¡Me voy!

Y Bea se fue corriendo a la entrada.

La cartera de Isa
estaba allí,
sobre la mesa.

Bea la agarró, la puso boca abajo
y la sacudió con todas sus fuerzas.
Todas las cosas de Isa salieron
danzando y cayeron por el suelo.

Después Bea se puso a saltar sobre
ellas pateándolas y gritando.

Ana acudió corriendo.

Bea pisó otra vez los dibujos.
Y los rompió.

Mamá vino para ver lo que estaba pasando. Cuando vio lo que había hecho Bea se enfadó muchísimo.

¡Muy mal, Bea! Vas a pedirle perdón a Isa ahora mismo.

Pero Bea no quería pedirle perdón a Isa.

Mamá, toda la culpa no es suya. Isa también tiene que pedirle perdón a Bea.

49

Isa se puso a llorar.

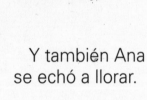

Y también Ana
se echó a llorar.

Y hasta Pelos
empezó a lanzar
tristes aullidos.

Mamá tenía
una cara tan rara
que parecía que
también ella
iba a llorar.

Bea empezó a recoger las cosas de Isa,

alisó el dibujo roto,

Perdón.

le dio un beso a Isa y dijo:
—Perdón.
Isa pidió perdón también.

Bueno, todo arreglado.
A ver, limpiaos las narices.
Os voy a preparar algo rico
para beber.

Bea se dio cuenta de que era Juan
y de que otra vez se había enganchado.

Ganchado.

Y se fueron las tres para ayudarle.

Juan estaba muy serio; pero
en cuanto vio a Bea se puso muy
contento.

Bea

–¡Te conoce! –exclamó Ana muy
sorprendida.
–Mi amigo –dijo Bea–. Juan vive
en esa casa.

A Juan se le había salido un zapato
y no se lo sabía poner él solo.
Isa desabrochó el zapato y se lo
quiso poner; pero Juan no la dejó.

Quería que le calzase Bea.

La mamá de Juan vino buscándole.

—El pobre Juan anda un poco perdido
con todo este jaleo de la mudanza
—explicó a la mamá de Bea—. Echa de
menos a sus amigos de allá.

Así que a la semana siguiente,
cuando Isa vino otra vez a merendar,
invitaron también a Juan.

Y jugaron
todos juntos
hasta que
llegó la hora
de merendar

Se sentaron todos juntos
sobre la hierba,

Ana y su mejor amiga: Isa.

Y Bea y su mejor amigo: Juan.

–Es estupendo que vengan amigos
a merendar, ¿verdad? –dijo Ana.

Y Bea pensó que sí.
Luego les ofreció a los otros
los pastelitos que había en el plato.